AF129930

CHAPITRE 1

Le jeune homme errait dans les couloirs du métro sans destination précise et comme égaré parmi le flot des passants. Et si les fourmis s'appelaient « croondes » ça ferait les fourmi… Bref il en venait, il en venait, il en venait encore, le dernier métro étant à 1H00. Il regarda à son poignet 0H33,
juste avant la fin des hostilités.
Ça faisait déjà quelques années que pour son anniversaire c'était cravate ou montre bon marché.
Pour son dernier anniversaire ça n'avait pas manqué, une Swatch automatique sans remontoir donc, et ça ça lui donnait tout de suite beaucoup plus de valeur et puis c'était Lina, sa nouvelle copine qui la lui avait achetée et Lina il l'aimait bien plus que la montre elle-même, encore plus que tout.
Jude Riversson, trente-trois ans, 0h33, 33 Janvier 1991, un signe, quelque chose ?

Il regardait les passants, tout le monde semblait heureux d'avoir fini sa journée de travail et de vaquer enfin à d'autres occupations beaucoup plus agréables. Jude aimait à se laisser emporter par la foule et prendre des trains sans destination juste pour le plaisir du voyage aussi éphémère soit- il. Ce devait être son occupation favorite d'aller nulle part et n'importe où à la fois. Il aimait à s'imaginer la vie des uns et des autres : du cadre relâchant enfin la pression, de la jolie fille à l'imper bon chic bon genre pour ne pas trop en montrer, des junkys qu'il affectionnait particulièrement même s'il n'avait jamais réussi à n'avoir plus qu'un ami fidèle à la fois comme camarade de biture, de l'ouvrier qui allait claquer un quart de sa paie mensuelle pour une soirée de folie, d'une société qui vaquait, qui s'affairait et fourmillait à des tâches qui lui étaient étrangères. Il cherchait dans cette foule un visage qu'il reconnaîtrait, dont l'expression lui semblerait familière, peut être un explorateur tout comme lui.

Il espérait à chaque station que cet inconnu reconnu monte dans le wagon et le perce de son regard.

Dans le métro aérien, il contemplait à sa guise les toits de Paris et la grande dame de fer, des amis plus intimes à son cœur que tous ces visages de bipèdes à station verticale toujours plus pressés qu'il côtoyait au hasard des trains.

Après avoir emprunté plusieurs lignes jusqu'à leur terminus, Jude se décida finalement à rentrer chez lui.

Sur le quai d'en face un homme avec un masque blanc au long nez crochu le fixait intensément, l'incitant à le suivre. Était-ce celui qu'il attendait de rencontrer ? Un bouffon ? Cet autre qui l'inviterait à l'aventure ? Jude sortit brusquement du wagon, descendit du quai et suivit les rails du métro puis s'enfonça à son tour dans l'ombre du tunnel. Il s'ennuyait de cette vie de toute façon, il cherchait autre chose, il recherchait un signe qui l'éclairerait au milieu de son ennui. Il suivit l'homme masqué qui ma foi comme un vrai funambule semblait danser sur les rails du métro. Ils s'engouffrèrent alors dans une sorte de couloir qui donnait sur une porte qui elle-même menait à un autre long couloir puis le bouffon lui prit la main et comme par une politesse forcée laissa Jude Riversson, trente-trois ans lui emboiter le pas.

Cela ressemblait un peu au carnaval de Venise à Paris, tous étaient habillés comme dans un autre temps, beaucoup portaient des masques. Des femmes riaient d'un rire qui aurait réveillé un mort et les hommes surenchérissaient en criant plus fort encore comme dans une

exultation animale.
Les tambours battaient comme venus
d'Afrique, et tous étaient magnifiquement
vêtus.

Un homme tronc sur une planche à roulette
afficha son plus beau sourire, le demi-homme
avait plus d'or dans la bouche que Jude en
avait vu dans toute sa vie, c'était le valet, il
était chargé d'accueillir les nouveaux et offrait
gracieusement le meilleur Lagavulin de Paris.

Une lumière d'une puissance et d'une blancheur inouïe semblait provenir d'une autre dimension, elle aveuglait Jude de son éclat. La foule grimée tournoyait autour d'elle comme les suédois dansent autour des arbres pour fêter l'arrivée du printemps. Jude connaissait cette lumière de manière intime, il le savait mais il ne voulait la nommer ou en exprimer davantage.

Le bouffon se retourna vers Jude :

- « Je ne te dirai pas mon nom ni d'où je viens. Je viens juste à toi pour te montrer la voie, le chemin que tu dois suivre. Tu ne me reverras jamais et tu ne verras jamais mon visage. Viens avec moi ».

Jude se contenta de le suivre, le bouffon entra dans une sorte de remise de laquelle il sortit une cap.

« Voici ton nouvel habit mon ami

Tu ne fais plus partie de ce monde, ni de cette société, tu as rejoint le club des saltimbanques.

C'est un club secret dont les règles sont simples. En fait nous n'avons pas de règles, ou plutôt nous déréglons les règles.

Nous sommes comme dirait Hugo, des "esprits d'une autre sphère", nous recherchons une autre vérité. Nous voyons au-delà de ce monde et au-delà nous sommes des explorateurs des temps et des lieux et nous voyageons dans les mondes intelligibles, divins, dont le monde sensible, physique, n'est qu'un pâle reflet. Parfois nous percevons quelques fragments de ces mondes, ces fragments sont comme des joyaux et doivent éclairer l'humanité.

Il suffit que le hasard t'envoie un signe et toi tu devras aller au bout de la piste, décrypter les signes jusqu'aux derniers pour enfin arriver à l'essence même de l'intellect, l'ultime connaissance.
L'alphabet n'existe pas tel qu'il est, les signes cachés derrière les mots et les lettres existent.
Tu dois tout redécouvrir et apprendre à oublier. »

Il se souvint du dernier signe qu'il avait reçu ; un coffret d'ébène tapissé d'un feutre rouge contenant une carte postale qu'il avait retrouvée déposée au pied de son lit avec une clé.

Il ne savait qui l'avait mis là dans cette chambre de bonne située au dernier étage d'un vieil immeuble parisien, rue Baudreillis.

Personne n'avait accès à cette chambre de bonne et il n'y avait aucun moyen de s'y faufiler.

Cette carte postale représentait Jim Morrison.
Au dos de la carte postale, un message était difficilement déchiffrable.

"I try to set you free but you never follow me".

Il en parla à son nouvel ami qui lui indiqua d'aller au cimetière du Père Lachaise.

Jude prit donc la direction du Père Lachaise.

Alors qu'il sortait d'un wagon, on lui glissa quelque chose dans la poche. Il se retourna et ne vit au loin qu'une jeune femme à la chevelure rousse disparaître au coin d'un couloir.

Pourquoi lui avait- elle glissé des buvards dans la poche et pourquoi à lui ?

Savait -elle qu'il cherchait des signes ?

Jude sortit un buvard.... LSD

Il savait que ce n'était pas une bonne idée, « souviens-toi des voix, de toutes ces voix, la moitié de ton cerveau qui mange l'autre, les hallucinations pour vingt-quatre ou quarante-huit heure putain, puis la descente, la descente putain ! »

La nuit commençait à tomber et les gardiens fermaient les portes du cimetière alors qu'il se dissimulait derrière les tombes. Il salua quelques grands noms de la littérature avant d'arriver sur la tombe de Jim Morrison.

Au bout d'une demi-heure, la drogue commença à faire son effet et Jude se mit peu à peu à avoir des perceptions troublantes ; les arbres bruissaient de sons étranges et semblaient lui murmurer des mots inconnus ;

Jude s'assit en tailleur en face du buste de Jim Morrison comme pour échanger avec un vieil ami.

Ce qui lui importait était de saisir l'instant dans ce voyage où il devenait un autre, un être plus grand, plus puissant. Dans des espaces inviolés de son esprit, il partait en quête d'un signe mais surtout en quête de lui-même. Il ressentait un silence en lui, il lui semblait que les mots n'abondaient plus dans son être aride et pourtant quelque chose rugissait silencieusement en lui.

Il lui semblait entendre le soupir d'une armée de disparus hantant le lieu. Il s'étendit sur une tombe au milieu des anges de pierre qui lui donnaient l'impression de veiller sur lui.

Dans un état de transe spirituelle, les gargouilles lui avaient d'ailleurs inspiré une sorte de vision du Paradis, de l'infinie félicité de l'âme libérée de ses incarnations.

Dans un demi-sommeil, il sembla qu'on lui caressait le front sans savoir qui…

Et une voix :
" Take the highway to the end of the night"

CHAPITRE 2

Il aimait cette ville dans laquelle il était né et avait grandi ; il ne sortait pas dans les bars ni chez les Bobos ; lui ce qu'il aimait c'étaient les grandes avenues parisiennes, déambuler en traînant sa mélancolie.

Parfois il s'asseyait simplement, seul sur un banc du jardin du Luxembourg, en quête de lui-même.
Oui il aimait s'extraire du monde.
Il aimait objectiver et unifier tout objet grâce a sa capacité à structurer la diversité, donner une homogénéité à ce qui vient des sens, conférer une unité a la diversité.

A présent, déambulant au quartier latin, il s'assit un moment au café de Flore pour converser un instant avec le fantôme de Jim.

Oui il les aimait les fantômes du passé, il avait toujours vécu ainsi même dans sa plus tendre jeunesse, à traîner la nostalgie d'autrefois.

Mais au-delà de ça, quelle était la piste à suivre ? et surtout à quoi tout cela le mènerait-il ?

Alors qu'il allait quitter le café de Flore, il croisa Agnès Varda, une vieille connaissance de Jim, qui lui remit un vieux carnet tout usé.

- "Tiens voici le premier carnet de Jim, tu trouveras peut-être des réponses"
- "Mais je croyais qu'il l'avait détruit dans sa jeunesse ?"
- "Tu sais Jim racontait beaucoup de choses réelles ou imaginaires et aimait romancer sa vie."

Agnès à peine après avoir remis le carnet à Jude, s'éclipsa et monta dans une Tesla noire. Il y avait glissé dans le carnet une enveloppe contenant une forte somme d'argent, un ticket d'avion pour le Brésil et un petit mot d'Agnès.

« Jude toi qui veux guérir peut-être que ta recherche intérieure est le peu qu'il reste de ta psychose. Si tu te sens éteint et mort de l'intérieur le feu dort pourtant encore en toi.
Bise, Agnès »

CHAPITRE 3

Autour de lui tout était sombre et lugubre ; seule une maigre lueur de bougie éclairait ce qui semblait être le sous-sol d'une maison ou d'un bâtiment désaffecté.

Il y avait des miroirs aux murs et une vieille télévision en face de la chaise à laquelle il était attaché. Il remarqua aussi que les murs étaient peints à la mode des années soixante-dix avec des motifs psychédéliques.

Tout d'un coup on alluma la lumière et à la maigre lueur de bougie se substitua une violente lumière teintée de rose provenant d'une lampe chinoise.

Jude reconnut alors sa chambre d'adolescent. Il n'en croyait pas ses yeux Rien ne semblait avoir bougé, quoiqu'inchangé en apparence il reconnaissait ce lieu tout en ayant

conscience qu'il n'y était pas réellement.
Un homme habillé en peignoir rose fit
irruption dans la pièce.

Il se mit à ramper dans la chambre,
donnant l'impression de nager.

Tout d'un coup il prit une bouteille d'eau
et se la renversa sur la tête en criant
"J 'ai froid à l'âme !".

L'homme en peignoir rose avait de
faux airs d'un Jésus halluciné.
Il s'approcha de Jude et fit des
pirouettes tout autour de lui dans une
sorte de danse chamanique ; après cela
il alluma la télévision en face de Jude.
En temps normal le jeune homme
répugnait à regarder la télévision, et
même les ordinateurs lui faisaient peur,
trop de vol de données.
Quand c'était l'heure des infos il
pouvait lire sur les lèvres et voir
prononcer son nom sur la bouche des
différents intervenants, parfois la TV
lui parlait à lui directement, bref, il
n'aimait pas ça.
Le Jésus halluciné zappa sur la 3 et
tomba sur un jeu télévisé, « Des Chiffres

et Des Lettres », l'animateur parlait du Père Lachaise.

Il changea pour la 5, des pubs vintages faisaient la promotion de comprimés contre la dépression puis la 7, un documentaire sur
un hôpital psychiatrique, des murs blancs, et des hommes en vestes blanches, armés de seringues poursuivant des patients ayant plus l'air effrayés que fous.

Tout semblait si azimuté
Il semblait qu'on voulait lui délivrer un message.

Comme un simple figurant en ce monde, un étranger qui n'appartenait pas vraiment au théâtre de l'existence était-il devenu malgré lui prisonnier de ce décor en carton-pâte de cette sitcom bas de gamme que les gens appellent la vie ?

Jude était sous médicaments et pourtant à cet instant précis il se sentait encore prisonnier de sa folie ou d'un excès de conscience peut-être.

Le Jésus en peignoir cria sauvagement

"Feel !"
"Wake up !!! I am you and you, you are me"

« Je suis ton double mais je suis la vérité de ton être.

Je vis toujours en toi,
La révélation est sortie de toi, et tu es la voix de la vérité. »

Jude ne voulut pas entendre ces paroles qu'il jugeait délirantes.
« Non je ne veux pas croire qu'il y ait d'élus. Je veux croire que nous puissions tous être des êtres ordinaires et que nous puissions être tous les prismes de l'ineffable simplicité, du principe premier, des guerriers de lumière.

N'y a-t-il pas de plus belle vérité ? Nous avons le pouvoir de nous transcender. Nous avons le pouvoir d 'être médiocres et géniaux.

Je veux être souillure, je veux me sentir médiocre et frôler l'éternité.

J'écris le roman de ma vie et je vrille, je dérive.

Tu veux la règle mais je suis un saltimbanque, et un amoureux.

Avec Lina, on passe parfois des semaines sans se voir ni se téléphoner, c'est elle la mieux habituée à mon verbe ivre et j'aime le balancement de ses hanches et son soleil de flanelle.

Es-tu plus proche de moi qu'elle ?

Tu dis que tu vis en moi et que tu es mon double mais ça ne me mène nulle part …

Je suis dans ce sous-sol et un Jésus halluciné m'assomme comme d'une liqueur de ses paroles de lumière.

Tu m'as parlé au fond des bois mais il n'y avait personne.

Toi vacuité de mon être, face à l'immensité du ciel, face à l'infini des paysages tu le sais bien, tu sais bien que je voyage sans destination et que partout où je vais l'œil de Dieu se dessine au-dessus de moi et me transperce. »

"Choisis ton destin, un bras de la rivière se jette dans le fleuve qui à son tour se jette dans la mer, infinie et libre." Lui dit le Jésus au peignoir rose.

Jude eut alors cette étrange impression de ne pas naviguer sur un fleuve ordinaire ...

CHAPITRE 4

« Le Peuple brésilien si malheureux, jamais vaincu.
Quand on le croit mort, il se lève du cercueil. »
Jorge Amado

Jude lui avait pris le ticket pour le Brésil et y avait atterri en règle jusqu'à trouver des explorateurs prêts à embarquer avec lui.

Ils avaient navigué et navigué peut être d'un monde à l'autre et avaient rejoint par un mystérieux phénomène le fleuve Amazone.
Fleuve sacré, fleuve des chamanes, fleuve des esprits…

Il décida de rejoindre la civilisation mais où allait-il débarquer ?
L'embarcation se mit à tanguer, ses

camarades sautèrent à l'eau et disparurent... Jude ramena la barque au rivage et foula ce sol qui ne conserverait pas ses empreintes.

En s'avançant, il commença à apercevoir des villageois à l'air peu affable ...Ils semblaient l'ignorer comme de vrais franciliens.

Il était sur une rive de l 'Amazone dans un village peu accueillant. Il lui fallait rejoindre la ville la plus proche, trouver une voiture, se ravitailler...

Jude dévalisa la petite épicerie locale, de produits dont les noms lui semblaient plus exotiques les uns que les autres et une bouteille couleur vert fluo de liqueur de banane, il y en avait juste assez pour tenir jusqu'à la prochaine ville.
Il acheta un vieux tacot à un villageois bien plus sympathique que les autres.

Jude finit par glisser le carnet de Jim qu'il n'avait pas encore ouvert dans son sac à dos, mis le sac à dos dans le coffre de la voiture et prit la route.

Après un paquet de miles, se laissant aller au vagabondage de son esprit et à ses divagations, toutes fenêtres ouvertes, pieds au plancher et l'âme dévorant l'horizon.

Les paysages défilaient sous ses yeux mais il ne les contemplait pas vraiment, il ne faisait que mordre le ciel des yeux, appuyant de plus en plus fort sur le champignon.

Et puis il aperçut ce vagabond au bord de la route, une lointaine silhouette qui en se rapprochant prenait les traits d'un jeune homme de dix ans de moins que lui avec son balluchon sur le dos.

Jude intrigué par le jeune homme, s'arrêta net et décida de le prendre en stop.

Il voulait venir en aide à ce garçon, perdu au milieu de nulle part.

Le garçon s'approcha du vieux tacot déglingué de Jude et ouvrit la portière, un léger sourire timide se dessina sur son visage.

- "Salut moi c'est Rio, vous me prenez pour un peu de route ? "
- "Oui bien sûr, où allez-vous donc ?"
- "Oh j'ai pas vraiment de

destination vous savez, je suis saisonnier et je trace la route..."
Rio ferma la portière et Jude fit crisser les pneus de la voiture laissant des tourbillons de poussière dans son sillage. Les kilomètres défilaient et le mystérieux Rio ne prononçait mot. Parfois il tournait la tête et le regardait fixement. Ses yeux d'un bleu particulier et bienveillants le détournaient de la route mais la présence de Rio le rassurait. Il était là sans vraiment y être.

- "Que faisais tu là sur cette route perdue au milieu de nulle part Rio ?"
- "Oh vous savez, je ne suis qu' un voyageur , je trace la route rien de plus banal, je travaille dans les champs à la belle saison , j' aide aux récoltes et j' ai de quoi survivre".
- Tu cherches quelque chose Rio ? Pourquoi traces tu la route comme ça ?"
- "Non je ne fuis rien ni personne, je ne suis qu'un gars du Midwest qui rêve d'aventure voilà tout. Et

vous que faîtes-vous là m'sieur ?"

- "Peut-être que je suis un gars de la route tout comme toi Rio. J'aime le voyage. Tu sais j'ai toujours été proche de la nature bien avant d'aller m'installer à Paris, enfant, on allait en Corrèze ma petite soeur, ma mère et moi dans la maison de mon grand-père à la campagne. Je m'asseyais auprès des arbres juste pour contempler le silence de mon âme. Je suis un enfant du silence et des étoiles. Tu sais quand tu grandis dans des grands espaces, tu apprends à écouter ce qui se cache dans les chuintements du vent ".

Passée sa première réserve, le visage de Rio se fendit d'un sourire.

- "Je suis un peu un enfant sauvage aussi, je sais entendre les signes et leurs vibrations m'orientent.

Tu sais un jour, un bon ami à moi s'en est allé dans l'autre monde et au moment précis de son départ, j'ai vu ce majestueux cygne glisser sur l'onde... J'étais au bord d'une rivière et soudain son image sembla parcourir l'onde et je sus qu'il me disait adieu ou à bientôt."

Jude ne répondait pas vraiment à Rio, il l'écoutait lui et ses mystères.

La nuit commençait à tomber alors Rio et Jude décidèrent de s'arrêter à la lisière d'une forêt.

Ils s'attelèrent à chercher des fagots de petit bois et des branches pour faire un feu avant la tombée de la nuit

La vie bruissait tout autour d'eux ; la Vie dans la sève des arbres.

Le bruissement de l'eau se fit peu à peu entendre.

- "Tu aimes donc toutes sortes de voyage Rio ?" demanda Jude
  Es-tu seulement ce simple gars du Midwest ?"
- "Tu le découvriras toi même quand il sera temps " dit Rio.

Rio et Jude s'allongèrent alors au bord de l'Amazone ouverts au murmure de la nuit.

- "Tu sais tu crois que je ne te parle pas mais je te parle à chaque seconde. Je suis venu dans ton récit pour te parler comme une apparition.

Tu es venu à moi, à cette fameuse
route qui ne ressemble à aucune
autre. Ton œuvre sera parcouru de
mon souvenir, comme le fil
d'Ariane car tu me recherches
comme moi je te recherche.
Ta folie et la mienne se
mélangent.
Comme Rio vient à la rencontre
de Jude.
Et voilà que tu m'as laissé venir à
toi sans que tu t'y attendes.

Jude proposa à Rio de venir se baigner
dans l'amazone, ils se jetèrent tous les
deux dans la nuit noire des flots.

CHAPITRE 5

Il se sentait à présent moins prisonnier du passé mais sur le seuil d'un avenir qu'il n'arrivait pas encore à identifier.

Il repensa au bouffon qu'il avait rencontré dans le métro parisien. Pourquoi avait-il suivi cet homme ?
Il cherchait les signes à l'extérieur de lui -même mais les signes n'étaient- ils pas en lui tout simplement comme on le lui avait dit ? A l'intérieur de son être ?
Jude s'était réfugié dans cette obsession des signes par peur d'être son propre guide, par peur de sa solitude face aux bouleversements qu'il avait éprouvés dans sa vie. Tout s 'était écroulé lorsqu'il avait perdu sa plus jeune sœur Jade ; plus rien ne guidait ses pas. Il avait perdu tous ses repères et se retrouvait dans le néant. Il cherchait une bouée de sauvetage, une étincelle guidant son

chemin.

La petite fille toujours accroupie auprès de lui était sa petite sœur décédée. Elle tenait son petit chien dans ses bras. . Voulait- elle l'emmener avec elle vers la mort ?

La laisser partir ne voulait pas dire l'aimer moins, jamais il ne cesserait de l'aimer.

Oublier les fantômes du passé...

Jude marcha, marcha encore et finit par retrouver sa voiture.

Jude s'assit au volant ; il s'alluma une cigarette, les pensées défilaient dans son esprit ; les scènes de son passé. Il retrouva une vieille cassette audio dans son sac à dos qu'il avait ramené de France. Il la mit dans la bouche du lecteur autoradio et laissa tourner la bande : Phil Manzanera, Live 801. Jude et Rio commençaient à avoir le mal du pays mais l'Amérique leur parlait, vibrait en eux.

Jude était une âme libre, un poète, un conteur d'histoires. Un medium, un envoyé de l'au-delà. En gros un fou. Trop sensible et depuis qu'on lui avait injecté cette merde de neuroleptiques de ces putains de psychiatres avec leur air condescendant à te foutre en hôpital de jour et à te faire faire des petits ateliers. Ou sinon à te faire travailler dans un centre pour handicapés à torcher le cul des camarades et des vieux, à torcher le cul de la société. A se faire offrir des voyages par les grands labos.

Alors la liberté avait vraiment un goût amer.

On lui avait dit de tirer un trait sur ses idées et d'accepter son destin d'androïde. Jude arrivait à ressentir un peu de colère au regard de ce qu'il endurait depuis huit ans et contre ce système de merde. Jude la rêvait la liberté. Il voulait se cabrer, il voulait être un cheval fou et pas un Pégase prit soudain dans quelque affreux coupe gorge. Il voulait leur faire ingurgiter leurs médicaments à tous ces trous du cul en blouse blanche, les voir baver et écumer et ne plus réussir à aligner trois mots d'affilés comme des moutons lobotomisés.

Jude se réveilla un peu de sa mollesse et de sa docilité et fit vrombir son vieux tacot pourri.

« Tu vas t'en sortir mec, tu vas te remettre. Il faudra du temps mais en tout cas tu as retrouvé ton âme à présent. »

CHAPITRE 6

Alors qu'ils contemplaient en roulant le paysage et la vue sur la mer, tout d'un coup Jude et Rio virent sur la route, un énorme serpent.

Ils s'arrêtèrent de peur d'écraser la pauvre bête pour la laissait passer.

Rio, humble pêcheur sortit une pomme de son baluchon et y croqua à pleine dents comme pour conjurer le sort.

Il en proposa un quart à Jude qui fit non de la tête, on ne sait jamais.

Tout le monde disait que Jésus redescendrait sur Terre et reviendrait juger les vivants et les morts. Jude était là, il ne jugeait personne, ni les vivants ni les morts. Il buvait du rosé avec Rio, à picoler, à se bourrer la gueule. Ils étaient contents.

Trouver l'oubli et purifier son âme, telle était la mission de Jude au jour présent. Et cela lui semblait dorénavant possible.

Sur la route Jude et Rio aperçurent au loin une Église. Ils furent inexorablement attirés par le lieu. Ils firent halte près du lac de l'Eglise Pentecôtiste.

Jude s'allongea, tous les deux contemplaient l'infini du ciel et s'amusaient à chercher des formes dans les nuages.

(Jude) - « Certains ont vu le diable dans des nuages de fumée. »

(Rio) - « Certains ont vu Jésus dans un bol de corn flakes aussi »

(Rio) - « Tiens regarde on dirait la tête d'un chef indien la dans les nuages »

(Jude) - « Oui c'est vrai et regarde ce nuage on dirait un loup fier et brave ».

(Jude) - « Et quand je pense à tous ces prélats du Vatican à la bedaine épanouie qui prétendent honorer le message de Dieu. Je pense qu'il y a des êtres authentiques et au cœur bon qui comprennent de manière instinctive les lois de l'amour universelles mais ce ne sont pas tous ces cardinaux assoiffés de pouvoir.

Tu sais quand je vois une petite église modeste, je veux bien croire en leur bon Dieu car là où il y a de l'humilité il y a du cœur mais quand je ne vois que de l'or et de l'encens je ne peux me reconnaître dans leur Église qui a plus à œuvrer pour le Diable que pour Dieu ».

(Rio) « Tu es noble mon ami, plus noble que notre espèce humaine en pleine décadence. J'ai honte de cette société et j'ai honte de la barbarie humaine. »

Rio se saisit d 'un couteau et ouvrit sa peau qui se mit à saigner. Jude fit de même et tous les deux mêlèrent leur sang en une poignée de main.

Si la loi de Dieu était celle du pardon Jude parfois se sentait l' âme d 'un indien et aurait pu scalper ceux qui s 'en prenaient a son frère .

Ils empruntèrent le petit chemin qui remontait jusqu'à la prairie. Ils marchaient pieds nus sur l'herbe grasse. Ils se sentaient bien, libres comme des Robinson.

Rio mit Jude au défi de faire la course dans le champ jusqu'à rejoindre la petite Eglise.

Ils gambadaient comme des fous au milieu des tournesols et riaient comme des enfants.

C'était une petite Eglise de bois blanche sans prétention qui trônait au milieu d'une prairie aux herbes folles.

Le lieu semblait avoir été déserté depuis longtemps.

Les vitraux laissaient filtrer la lumière tendre du soleil au dedans des lieux.

Quelques rangées de banc poussiéreux faisaient face à l'autel abandonné et à une croix sans fioritures.

Jude et Rio s'assirent sur un banc au fond de l'église. Ils contemplaient la croix sans mot dire.

Rio finit par briser le silence « tu sais, tu vas trouver ça assez bizarre en fait mais on m'a parlé d'un lieu paisible où rencontrer des frères, le ranch de la Cosmic River Connection, ce ranch est en Arizona dans les grands espaces de l'ouest américain. On m'a dit que c'était un lieu magique, que la terre du désert savait guérir tous les maux de l'âme et que là-bas , les fous pouvaient être libres et hurler dans le désert.

Direction Arizona ! S'exclama Jude.

CHAPITRE 7

Le ranch composé de trois bâtiments s'imposait au milieu du désert orangé d'Arizona. De la fumée qui devait provenir d'une chaude cheminée s 'élevait dans l'immensité du ciel bleu. Jude ressentit tout de suite l'harmonie du lieu. Des champs de maïs s 'étendaient d'un côté du ranch. Des poules, des chèvres et des cochons se côtoyaient dans un vaste enclos bien entretenu. Les chiens du ranch vinrent aussitôt les accueillir et leur faire la fête. Il y avait un labrador, et étonnamment deux petits chiens, un petit shi tzu et un petit bichon qui batifolaient autour d'eux.
Il y avait aussi des chats, un petit chat gris avec une tache blanche, deux chattes écailles de tortue un chat Roux et un autre   persan   roux.

Au loin Jude aperçut un enclos où des chevaux prenaient l'air tranquillement . Et puis il y avait cet enclos ou un mustang sauvage se cabrait et hennissait sèchement.

« Il est blessé , nous devons le garder pour le soigner quelques temps mais on a du mal à l'approcher » nous dit Phoenix.

Phoenix s'occupait des animaux du ranch avec quelques autres amis de la connection.

Il y avait une famille d'ex hippies et ses deux enfants Joy et son mari Sun et leurs enfants une fille et un garçon Light et Peace. Il y avait encore quatre autres personnes, un népalais de Katmandou, un indien d'Inde, une chinoise et une new yorkaise ex working girl repentie.

Tous accueillirent Jude chaleureusement et simplement sans être obséquieux. Ils se prirent tous tour à tour dans les bras dans une chaude communion. Joy sortit sur le perron du ranch pour remettre à chacun le fameux peignoir rose et tous s'amusèrent de ce code qu'ils avaient entre eux comme s'ils avaient tous eu la vision du Jésus halluciné. Après tout pourquoi pas ?

Jude, Rio, et Phoenix étaient fatigués de leur journée respective alors après un bon dîner : purée de pommes de terre et d 'épis de maïs, ils se couchèrent pour la nuit.

A la Cosmic River Connection on menait une vie tranquille. Les deux amis se reposèrent les premiers jours et puis petit à petit prirent part aux travaux du ranch. Ils s'occupaient des animaux, de leur donner à manger et de les soigner. Ils allaient chercher le foin pour les chevaux et nettoyaient le ranch à tour de rôle. Jude aimait aussi aller flâner au bord de la rivière qui passait non loin. Parfois il s'y baignait et parfois seulement il pouvait passer des heures à la contempler.   .

Et Phoenix parfois venait avec lui et ils discutaient de leur vie et refaisaient le monde sous un ciel d'étoiles. .

Phoenix était une belle âme et ils s'entendaient bien.

« Un soir lors d 'une veillée au coin du feu, je vous dirais ce que j'ai appris de la route. Peut-être qu'il faut que j'emploie des mots simples pour me faire comprendre. Je dois y réfléchir je ne sais pas encore. »

« Tu sauras quand tu te sentiras prêt » lui répondit simplement Phoenix.

Quand ils rentrèrent au ranch, les enfants jouaient avec les chiens. Il y avait des sourires et la paix sur tous les visages. Même Jude se sentait plus serein. Il se sentait en paix loin de la vie en ville. Parfois il prenait son portefeuille et contemplait le visage de tous ceux qu'il avait aimés mais il ne ressentait plus de tristesse, il ressentait la chaleur de cet amour qui persistait au-delà du voile de la mort.

Parfois ils allaient dans la bourgade voisine vendre des produits de leur artisanat. .

Personne ne les moquait vraiment, certains les prenaient tout au pire pour des illuminés. Mais tous remarquaient ce nouveau venu, cet homme qui devait être dans sa trentaine aux longs cheveux châtains.

Les Indiens leur faisaient toujours bon accueil, ils faisaient toujours preuve de sagesse. Un jour Jude et ses compères se rendirent dans un commerce d'artisanat navajo. Il fut tout de suite attiré par un pendentif en turquoise avec de petites cornes de taureau. Il sut tout de suite que ce pendentif était fait pour claquer sur son torse et puis ça changeait d'une montre ou d'une cravate.

« Ce bijou te redonnera la force que tu as perdue sois en sûr. » Le jeune indien le regardait de ses yeux perçants qui semblaient deviner ses secrets.

« Merci mon ami, merci mon frère » répondit Jude.

« Tu sais j'habite dans un village de hogans avec mon grand-père, j'aimerais que tu le rencontres, cela me ferait grand plaisir »

Jude répondit chaleureusement qu'il viendrait voir le grand père et la petite troupe retourna au ranch.

Il y avait toujours ce cheval sauvage dans l'enclos que personne n'arrivait à approcher. Jude ne s'y hasardait pas non plus même s'il était tenté de le faire.

Quelques jours plus tard, Jude se rendit seul au village navajo dans lequel on l'attendait.

Tous les indiens de la réserve étaient venu l'accueillir et le saluer en l'applaudissant sur son passage.

Il fut escorté par le jeune indien dans le hogan de son grand-père, le chaman du village.

Assis tout au fond du hogan sur des tapis poussiéreux, pieds-nus, le vieil homme le scruta de son regard Vairon. Il l'invita modestement à s'asseoir tout comme lui en tailleur. Ils restèrent ainsi un moment sans mot dire à se regarder l'un l'autre.

« Je te connais, je sais qui tu es, je sais que tu demandes pardon même si tu n'es pas coupable. Ton âme est pure et ne mérite aucun châtiment. Les braves savent reconnaître les justes.

Bienvenue mon ami, je suis content que tu sois venu. Il te faut approcher du mustang blessé, comprendre sa souffrance, le soigner. Toi seul peux le faire, après ça nous viendrons écouter ton enseignement, nous autres indiens ».

Jude rentra au ranch, le cœur réchauffé par un si noble discours. Il s'isola quelque temps dans la solitude. La Cosmic Connection comprenait ce besoin de Jude et ne venait pas le déranger. Il dut partir quelque temps se reposer dans une petite cabane en bois non loin de la rivière. Il se baignait, lisait des poèmes de Jim Morrison, de William Blake. Jude était Verseau, un signe d'air et d'eau, il rêvait d'eau, il avait besoin d'une source d'eau pour se sentir bien. Il se perdait dans le bruissement des eaux et des vents et observait les animaux sauvages. Depuis quelques temps il avait remarqué la présence de cet aigle aux alentours. Il survolait souvent les emplacements ou Jude se déplaçait. Sa présence était bienveillante et protectrice. Il était peu à peu devenu son animal totem. Peut-être que c'était un peu de l'esprit de ses êtres aimés qui revenaient à travers cet aigle se manifester à lui.

Quand Jude se fut ressourcé, il revint au ranch. Il fut accueilli chaleureusement par toute la joyeuse troupe.

Quand il se sentit prêt il se dirigea vers l'enclos du cheval sauvage. Le cheval nerveux, hennissait et ruait dans l'enclos. Il ne voulait pas dompter le cheval en le montant ni faire un rodéo endiablé.

Le cheval courait et se cabrait violemment. Il se passa de longues heures pendant lesquelles Jude se contentait de faire faire des tours d'enclos au cheval en le tenant par la bride et en alternant avec des caresses avant que le cheval incline la tête vers Jude et se laisse amadouer. Jude soigna la plaie du cheval, la recousit et banda sa plaie.

Le cheval un peu moins farouche, Jude dut réitérer la manœuvre quelques jours dans l'enclos avant de lui installer la selle et de le monter.

Quand les sages du village indien eurent vent de la nouvelle ils vinrent s'installer au ranch quelques temps prêts à suivre l'enseignement de leur frère Jude à qui même le plus hardi accordait confiance, tendresse et obéissance.

Tous se réunirent un soir autour d'un grand feu ; on faisait tourner une pipe de main en main.

Jude s 'exprima alors : « je ne sais si je puis vous apporter une connaissance que vous n'ayez déjà ; je ne suis que votre frère mais je vous dirais ce que j'ai appris ».

Jude se fit d'abord poète :

« Nous sommes tous les portes d'un autre monde,

Dieu n'est pas croyance ni dogme, ni enfer ni paradis, je ne sais qui il est mais ce nom a le parfum de l'infini.

Peut-être est-ce la réalité de nos êtres que nous ignorons en ces vies,

Cette croissance de nos âmes altérée
par notre condition humaine.
L'essence pure de nos êtres progresse
dans des densités invisibles, traversant
un à un les mondes vibratoires et se
meuvent et s'élèvent dans des vols à nos
sens inaccessibles.

Un jour peut-être jaillira de l'univers,

Comme autrefois a jailli de la matière,

Ce feu incandescent dont la lumière
irradie le monde. »

« Tu veux dire que nous sommes comme les gouttes d'un seul océan ? Tu veux dire que cet océan est Dieu ou le grand esprit ? » demanda le vieil indien d'Amérique.

« Nous sommes les gouttes d'un seul océan, nous sommes comme les rayons d'un immense soleil. Nous sommes tous unis dans cette énergie, les âmes de tout ce qui vit proviennent de cet océan d'amour et de lumière.

Quand nous aimons, dans le moindre de nos actes d'amour, nous nous rapprochons de cet océan. Nos âmes vibrent et se rapprochent de cet océan que nous retrouvons une fois notre vie terrestre   finie.
Quand nous prions dans l'amour pour un ami, un père, pour un oiseau, nous transmettons des fluides d'énergie primaire. Plus nous élevons nos vibrations plus nous nous rapprochons de cet immense soleil que l'on retrouvera après notre mort et nous ressentirons son intense lumière et sa chaleur infinie.

C'est cela que les chrétiens appellent le Paradis, c'est lorsque l'âme est dans ce soleil brûlant en paix et en harmonie

Je ne suis qu'un homme et je suis votre frère. »

Les indiens et les membres de la Cosmic Connection écoutaient les paroles de Jude.
Tous l'encerclèrent et jetèrent leurs torches   dans   le   feu.
« Nous voici tous frères dans la lumière

et rayons d 'un seul et même soleil d
'amour !» s'exclama Rio. Le vieux
chaman s 'approcha de Jude « nous
savons qui tu es, tu es un bon pasteur. Tu
sais la poésie des étoiles, des torrents et
des champs de tournesols. Tu voles
comme l'aigle au-dessus de ce monde et
comprends la symphonie de la Terre et le
langage silencieux. »

Tous crièrent de joie puis de jeunes
indiens dansèrent un powow endiablé
jusqu'au petit matin.

Jude finit sa vie au ranch de la Cosmic River Connection. Il se maria a une amérindienne et eut des enfants. Il eut une vie sereine et paisible et mourut très vieux. Parfois de jeunes indiens racontent qu'ils peuvent voir son esprit dans le regard d'un loup solitaire ou sentir son âme sous les battements d'ailes d'un aigle.

JOURNAL D'UNE AME PERDUE

par Fred Ashcroft
coécrit par Axel Djim Yves Marini

Cher journal

Tu t'es déjà assis sur les chiottes en
ayant un vertige existentiel et en te
demandant quel est le sens de ta vie ?
Là trivialement assis déculotté sur le
trône, dans ta condition d'être humain et
tu t'es déjà senti minable et perdu dans
ce monde ? Non je ne lis pas aux
toilettes, je ne consulte pas de revues
non plus mais combien d'heures et de
jours j'aurais gâché aux chiottes, à me
laver, à faire mon lit, à m'habiller, à
manger, à me brosser les dents, à aller
bosser, manger encore, retourner bosser,
rentrer du boulot, encore manger, me
brosser les dents, regarder « Plus Belle
La Vie » et Hop ! au lit !
Et on recommence ! Avec l'option sortir
le chien ou s'occuper des mômes putain.
A l'échelle d'une vie j'veux dire.
Peut-être qu'un vortex m'aspirera
comme une chasse d'eau, que je
passerai à travers la douche ou que je
me ferai emboutir dans un accident sur
le trajet du boulot.
Aujourd'hui je dis STOP et puis mon
karma va prendre cher en plus ... Je vais
me réincarner en quoi à ce rythme-là

putain ?

En poisson rouge ou en tortue ? Je ferai des tours de bocal toute la journée, je me ferai bouffer par un chien à peine sortie d'hibernage ? en petite souris ou en misérable insecte ?

Bon là j'ai remis ma culotte et je pense allongée sur mon lit a une idée que j'avais eu … d'écrire.

Mais bon est-ce que je vais réussir à pondre un pavé j'en suis pas sûre...Et puis tu sais, comme on dit j'ai le syndrome de la page blanche, du poète constipé quoi, manque d 'inspiration ...Il paraît qu'il y a des super bouquins pour apprendre des techniques littéraires et écrire un super livre d'auteur. Mais moi je veux être authentique. Je veux me mettre à nue quoi, j'aime la liberté de l'écriture.

Cher journal

Un jour, j'ai dit à ma psy que je me sentais vide et elle m'a dit d'explorer le vide. C'est assez métaphysique vous trouvez-pas ?

En fait, j'éprouve ce sentiment de vide quand j'ai la sensation que plus aucune pensée ne traverse mon esprit, quand je ressens une absence en moi comme un silence intérieur. Mais ce n'est pas tellement le silence de l'âme qui se libère de pensées toxiques comme lors d'une séance de méditation. Ce n'est pas vraiment ça. C'est comme si les fleurs de mon jardin intérieur ne poussaient plus. C'est comme s'il n'y avait plus de monde imaginaire en moi. Alors je revis mes souvenirs du passé comme si j'étais en phase terminale.

Je pense à me noyer parfois. Partir au large et nager, nager jusqu'à l'épuisement, rejoindre l'infini et me laver de ma propre vie.

Peut-être que la mort est facile après tout ? Pourquoi l'attendre lorsque l'on peut courir vers elle ?

Peut-être que vieillir c'est ça après tout

c'est en partie renoncer.

Cher journal,

J'ai vécu aujourd'hui une scène de vie ordinaire, un repas entre amis. Rien de plus banal, je me suis sentie soudain perdre pieds et déconnectée, j'ai eu l'impression d'avoir pris un ticket pour une pièce de théâtre, de me dissocier de moi-même et de plonger dans un vertige infini. Les conversations n'auraient pas pu être plus distante à mon oreille, je m'éloignai dans un sentiment de décorporation, il me manquait cet ailleurs que mon esprit cherchait à rejoindre, je sais que cet ailleurs existe quelque part.

Je suis fatiguée des apparences et des frivolités, quoique j'ai toujours eu un faible pour les histoires caucasses, j'ai toujours détesté les ragots et parfois la frontière est mince.
La société et ses usages j'en ai compris les rouages et les mécaniques depuis ma plus tendre enfance.
Mon père Mark Ashcroft, énarque a été attaché à différents postes : Conseiller financier au Ministère des armées, Chef

du bureau accords aériens et droit de trafic au Ministère de la Transition écologique et solidaire, Directeur général au Conseil régional du Languedoc Rousillon, sous directeur des affaires budgétaires et de la Comptabilité Centrale du ministère de l'intérieur, Membre du Corps Préfectoral aux Préfectures du Var, de la Corrèze, de Midi-Pyrénées Haute Garonne, de l'Oise ; Secrétaire général à l'Académie diplomatique internationale, Conseiller personnel de son Altesse l'Aga Khan, Conseiller spécial du Ministère du Budget et des comptes publics, Directeur général de la société France Galop, Président fondateur de la société L'Ecriture du Monde, Contrôleur général économique et financier au Ministère de l'économie, de l'industrie et du numérique pour finir Propriétaire gérant de Maison d'hôtes d'exception pour hébergement et séminaires, Les Jardins de Saint Eloi.

Autant vous dire qu'il aimait à inviter des gens à la maison et pas n'importe qui, la fine fleur du monde politique, il était même un peu trop généreux et les pique assiette mangeaient allégrement sur son dos.

Mais son CV bien qu'impressionnant mon père n'a jamais manqué de qualités de cœur et s'est toujours très bien occupé de ses hôtes, de nous, mes deux sœurs, ma mère et moi.

J'ai l'idée que l'être humain est tel un iceberg, que nous ne percevons la partie visible, certes nous pouvons nous faire une idée de la logique de certaines personnes et de leur mœurs mais que savons-nous vraiment de leur souffrance, des pensées qui les traversent, de leurs souvenirs. Il y a des mondes inexplorés en chacun de nous. Que sais-tu des rêves qui les habitent ? Le langage des mots est la limite de nos possibilités d'expression, puis viennent les gestes, l'allure, la prestance, la dignité qui complètent notre acuité.

Ne sommes-nous capables que de rester à la surface des choses lorsqu'il ne s'agit pas d'amour ou de profonde amitié ? Je ne sais pas.
Il y a bien le sentiment, qui n'est en

réalité que l'impatience du coeur et la pénible émotion qui nous étreint personnellement et la tolérance de l'amitié qui jusqu'à l'extrême limite de nos forces et même au-delà perce à jour le mystère de nos amis et de nos frères et sœurs.

Ou peut-être que plus personne ne me regarde de la façon dont on me contemplait autrefois. Peut-être que je ne vois plus avec l'amour, la tolérance, l'amitié ou l'adelphité. Peut-être que cette absence est palpable, qu'on la ressent, je suis éteinte.

Cher journal,

Je regarde toutes ces photos et tous ces souvenirs qu'il me reste de toi et je peine à me souvenir que tu fus à mes côtés. J'ai pris l'habitude de ne plus te chercher dans le lit.

On m'a dit qu'il fallait construire sa vie, faire sa « vie ». Je regrette beaucoup nos années de bonheur. Je n'ai jamais voulu avoir de métier, je n'ai jamais voulu prendre part à ce monde, je n'ai même jamais voté mais j'allais quand même travailler pour faire plaisir à mon père. Tu me manques, putain ! Je nous imaginais vivre vieux et mourir ensemble. C'est ce qui a failli arriver mais je t'ai survécu malheureusement. Ce qui n'aurait certainement pas dû arriver. Je crois que certains destins sont maudits. Je crois que le mien l'est. Je me sens coupable de ne plus être celle que tu as aimée. Je garde précieusement ton souvenir, quand tu m'as donné notre premier baiser, je t'ai dit que je t'aimerai toujours, je tiens cette promesse et je sais que je la tiendrai jusqu'à mon dernier souffle.

Cher journal,

Tu sais la psychiatrie c'est tout un monde parallèle, un univers à lui tout seul. Il y a des mystiques mégalos, des pyromanes, des hommes radio qui monologuent toute la journée comme s'ils avaient une antenne implantée dans le cerveau, des anciens toxicos, des jeunes placés en foyer depuis leur enfance mais aucun n'est sur la même fréquence.
Il y a des embrouilles, des commérages, il y en a qui résistent bien au traitement et d'autres qui restent sacrément perchés. Tu me diras la défonce ça aide à rester perché ou à dormir.
Quelques overdoses, de mauvais mélanges de neuroleptiques, de cocaïne, de benzodiazépines …
Enfin j'éprouve quelque chose, de la pitié, j'ai honte pour les autres.
Tu sais ça peut devenir ta deuxième maison l'univers psychiatrique. Tu finis par toujours voir les mêmes visages au fil des hospitalisations, ce monde impitoyable de blancheur aseptisé, les lignes blanches et rectilignes de l'hôpital ça devient ça ton horizon.

Cher journal,

Je vais planter des graines de tournesols
en ta mémoire dans le terrain de la
maison et me bourrer la gueule pour être
aussi ivre que le ciel !
Je veux voir des champs de tournesols
se lever comme des armées de soleils,
Je veux les essaimer aux vents, et je
veux me relever moi aussi comme les
tournesols, parcourir les champs de blés
aussi blonds que tes cheveux d'ange.
Tu es mon gardien et l'ange du combat
pour la vie.

Cher journal,

Hier je me suis surprise à réécrire, je me sentais en panne sèche ces derniers jours, en manque d'inspiration mais bon par moment ça revient faut croire.
Apres j 'avoue que les deux bières fortes que j'ai bues ont certainement eu un petit effet, j'ai toujours eu besoin de quelque chose pour pouvoir délier ma plume.
J'ai encore un petit côté rock'n'roll Un peu trash et insoumise, un peu rebelle et un peu libre ...C 'est plus la grande époque mais j'ai de bons restes.

J'attends avec impatience ma prochaine consultation avec le psychiatre, il m'a proposé une thérapie EMDR (Eye movement desensitization and reprocessing), c'est apparemment très efficace pour les syndromes de stress post traumatiques et peut agir très rapidement sur des expériences comme le deuil, ça me paraît tout indiqué pour moi.

Cher journal,

J'ai envie d'aider et de soutenir d'autres personnes dans leurs difficultés, leur transmettre mes bonnes énergies et recevoir les leurs.

On m'a proposé une formation de pair aidant, pour aider les personnes atteintes de troubles psychiques.

C'est à Marseille, sur trois jours, j'ai un bon pressentiment, je sais que ça va marcher. Geneviève, l'infirmière en chef de l'hôpital est d'un grand soutien pour moi, jamais je n'aurai pu mettre ça en place toute seule.

J'espère que d'autres personnes ressentent le désir latent en moi, dans la sincérité du cœur, de les aider.

Cher journal,

L'autre jour, on est allés avec un pote au bar en face de chez moi. Il est à la recherche d'une femme mais moi je sais jamais trop me vendre et puis je cherche pas de mec.

Mon pote me dit « j'aime les femmes.»
Je lui réponds «t'aimes pas les poneys ?»
Mon pote comprends pas …
Mais bon qu'est ce qu'il y a à comprendre
« Faut que j'te fasse un dessin ? »

Les petit poneys en plastique, les poneys à poils long...

« J'ai une pote elle est pas très belle et elle a des horaires à la con.
Vous pouvez pas trouver un cinq à sept ? »
C'est ça qu'il veut que je lui dise cet enculé.

J'ai lu dans un article qu'une femme atteignait l'orgasme avec son chien tous les soirs. Je sais pas trop quoi en penser mais bon c'est un peu pervers, non ?

« Avec l'alcool, je sens que j'ai les dents
qui partent en couille » j'lui dit.
 « C'est pas grave tu pourras toujours
sucer. » qu'y m'dit.
« Tu pourras demander des conseils
pour apprendre à écrire de vrais livres
comme les vrais écrivains »

Cher journal,

A toi mon ange vagabond je vais probablement déménager, il est temps que je te quitte.

Tu es venu à moi comme de chair et d'os, enfin tu te faisais tangible et t'incarnais dans la matière.

Tu n'étais plus un songe lointain ni une vision fugace. Tu étais réel, palpable.

Était-ce la réponse que j'attendais ? L'incarnation de l'amour, et ce regard qui me poursuit depuis tant de jours transformés en mois transformés à leur tour en année, voilà que tu t'en vas, au-delà des brumes.

Le voile du rêve ne venait plus nous distancier l'un de l'autre.

Peut-être que tu me donnes rendez-vous à nouveau avec l'expérience physique de la vie.

Tu n'es plus une constellation à laquelle fixer les yeux au ciel, tu es celui qui m'ancre à nouveau au milieu de la mer, mon capitaine.

Alors à présent peut être puis-je être libre, puis-je avoir rendez-vous avec l'existence.

MÉMOIRE

par Axel Djim Yves Marini

Toute ressemblance avec des personnes existant ou ayant existé serait purement fortuite

Juin 2000

J'avais un peu moins de neuf ans, j'aimais sortir sur la terrasse à flanc de colline, sur le sol de la terrasse il y avait la niche de ma chienne Cassandre, une gamelle que Cass m'autorisait à partager avec elle parce que parfois j'aimais manger un peu de ses croquettes en cachette et un circuit pour jouer aux petites voitures ornait le lino.

A cette époque ce que je désirais le plus au monde c'était une grande sœur mais malgré les efforts répétés de mes parents ils ne parvinrent jamais à satisfaire ma demande.

J'aimais sortir dans le jardin, taper les pierres les unes contre les autres pour en humer l'odeur. Mon père, lui, était toujours occupé à réparer la maison qui ne semblait pas vouloir lui laisser un instant de répit, quand ce n'étaient pas les souris qui se baladaient entre la laine de verre et le toit en amiante, ou quand il fallut refaire la toiture en amiante c'était la fosse septique qui se bouchait, il avait fait venir l'électricité en installant les poteaux et les lignes de basse tension.

Il y avait plusieurs cuves pour alimenter la maison en eau, des palmiers à la fenêtre des chiottes, une salle de bain flambant neuve et des coquelicots sur la planche qui surplombait le local de musique où répétait le groupe de mes vieux, One Off et où j'aimais à m'endormir pendant les longues soirées de répètes.

L'été il fallait débroussailler tous les week-ends et on avait installé une baignoire hors sol près d'un cerisier pour que je puisse me rafraîchir pendant les journées caniculaires.

Pour parvenir à rejoindre la maison il fallait soit une moto, soit entamer une joyeuse marche épuisante sur l'étroite piste ou encore prendre des escaliers interminables, traverser la propriété du voisin et puis on était arrivés.

Moi j'aimais trainer à mi-chemin près du figuier jusqu'à ce que je me fasse mordre pour la première fois par un serpent, j'aimais passer la tête à travers les barreaux de la fenêtre de la chambre parentale jusqu'au jour où ma tête avait grandi et je ne réussis qu'avec beaucoup de peine et d'efforts à ressortir ma tête des barreaux. J'aimais descendre tout en bas du chemin chez ma copine Daphné, on jouait aux billes sur la plaque d'égout devant chez elle, on faisait de la pâte à sel, des polly pocket, plein de trucs en somme.

De retour chez moi j'aimais m'aventurer au-delà du portail en entrainant Daphné avec moi jusqu'au jour où elle tomba dans les agaves. On s'était pris une sacrée raclée les Arrighi, mettre en danger et blesser une jeune fille de la maison Dunielle Lotis ça ne se faisait pas, un point c'est tout !

Bref,… C'était Roots mais c'était merveilleux.

Janvier 2016

Si j'étais un animal je serais un renard, parfois sur une route parmi les loups, chassant le mouton, parfois sur une autre route avec les chiens de berger.
J'aime tous les loups et tous les chiens du fond de mon cœur pour tous les moments que j'ai passé avec les uns et les autres, autant de leçons de vie et de fraternité, de morsures, de léchouilles et d'enculades.

Objectif du jour, nous mangerions bien du sanglier ou du chevreuil pour ce soir, avec ça Katherine nous préparera une bonne daube.

L'éleveur de Belvédère nous fournissait d'habitude en veau et en broutard, parfois en cochon de lait mais là c'était de notre huile de coude dont il s'agissait. Armés et remontés comme des pendules, on se dirigeait dans la forêt grâce à Jean Claude vers la cabane qu'il avait construite pour guetter le gibier.
Cette fois on s'était pas embarrassés du costume orange fluo, dans l'affut

surélevé ça n'aurait pas servi à grand-chose d'avoir l'air d'un con de pied en cape.

Enfin à l'abri au cœur de la forêt, parfaitement placés, il n'y avait plus qu'à attendre. Et attendre avec le père et le fils Desrechef c'était respirer l'air frais de la montagne mais pas que…
Aucune partie de chasse sans la gnole de JC, c'était le père de Katherine qui distillait le coing dans ses propres fûts, autant vous dire que quand on la gouttait les oreilles nous chauffaient.

John à peine arrivé avait tout de suite enlevé le cran de sureté avec un gros joint dans la bouche et un calibre 12 dans les mains, moi je faisais ce que je pouvais avec un fusil gaucher semi-automatique Baikal plus pour la déco qu'autre chose, à vrai dire on me l'avait offert et j'avais jamais vraiment eu l'intention de m'en servir mais comme ça je donnais le change et je laissais à mes amis la gloire du trophée.
Ça marchait toujours comme ça entre nous, comme un accord tacite, je faisais acte de présence et John et JC se

gargarisaient de leurs victorieuses anecdotes au moment du dîner.

JC prit le joint du bec de son fils, s'adossa à un mur et le regarda avec un grand sentiment de fierté, moi je continuais à faire semblant, on attendit bien quoi, trente minutes-trois quarts d'heure complètement torchés ; les buissons frétillèrent, la gueule de John se fendit d'un sourire de tueur, la pépite dans les yeux, il fit feu, BOUM !

On sortit de la cabane, pour aller voir d'un peu plus près le repas du soir, un putain de renard ! Putain ! Jamais encore entendu parler de daube de renard moi.

« Qu'est-ce t'as foutu ? Qu'est-ce qu'on en fait de la bête » que j'leur dit.
« Nous prendrons sa fourrure et mangerons sa viande » me dit JC, mon premier civet de renard donc…

De retour à la maison, la partie de chasse n'avait pas duré trop longtemps, le chemin était encore éclairé par les derniers rayons de soleil.

Dans cette maison on m'a raconté que dans les années quatre-vingt, Jean Claude y faisait pas mal de fêtes et y planquait pas mal de dope.

Moi les fêtes, je connaissais celles de la maison de l'observatoire **plutôt bon enfant**, au pire un voisin George avait fait goûter un space-cake à Anaïs dix-huit ans, la fille de Serge et Claudine les voisins de la maison d'à côté et au mieux on se réveillait avec une inconnue dans son lit après une nuit sans souvenir.

Les fêtes de Jean Claude c'était autre chose, plutôt ambiance French Connection, avec les clients, les revendeurs, les poulets qui refourguaient la came et tout le tintouin, des traces de coc' offertes par la maison sur la table du salon entre deux morceaux de viande pour chaque convive.

J'ai jamais osé demander comment il avait acheté sa maison principale, la maison en Charentes, la maison de Katherine et la maison de Belvédère, j'ai pensé à un banal héritage de propriétaire terrien d'une famille française de France géré comme il fallait pour capitaliser au fil des années mais il y avait mis du beurre dans les épinards ça c'est certain.

Et aujourd'hui c'était à John de faire homme de front, depuis ses quatorze ans il travaillait avec mon père dans les parcs et jardins et dans une autre sorte de culture pour son père.

On était bien lovés au coin du feu de la petite maison en pierre, Katherine, JC, John et moi, le civet était délicieux.
On buvait du bon vin, on mangeait bien, on alimentait le feu tour à tour avec les réserves de bois pour l'hiver.
On attaquait le gâteau que j'avais acheté sur la route pour l'anniversaire de Katherine.
Puis il commença à se faire tard, la birthday girl était rincée, on avait fanfaronné pendant qu'elle faisait la vaisselle à l'eau froide et se les gelait puis réchauffait son petit cul près du feu de cheminée, elle nous laissa entre hommes et alla se coucher à l'étage.

Personne n'avait envie de se refaire une énième partie d'échecs, on mettait un peu de techno pas trop fort mais un peu fort quand même et j'eu droit à l'anecdote préférée des Desrechef comme à chaque soirée passée avec eux : « quand on l'a rendu un peu blette »

C'était l'histoire tragique du voisin de JC qui était tombé accidentellement de l'escabeau et s'était fracassé la gueule par terre.

Sa femme terrorisée et prise de panique avait réussi à rameuter tout le quartier et en moins de temps qu'il en faut pour le dire John avait épongé le sang avec son T-shirt et relevé la tête fracassée du bonhomme avec sa main et avait ainsi palpé un peu trop profond la cervelle du bonhomme.

C'est comme ça qu'il l'avait rendu « un peu blette » jusqu'à la fin de ses jours et avait libéré la voisine de toutes charges matrimoniales.

De temps à autre la voisine n'hésitait pas à faire appel au père et au fils pour élaguer un arbre ou deux.

On redescendait à deux voitures jusqu'à Nice. On roulait à fond les ballons sur la route de la vallée de la Vésubie creusant l'écart entre les deux parents et John et moi avec sa Peugeot 207.

C'était comme un rallye, il enfonçait l'accélérateur assez fort et doublait tout le monde, un jour c'est sûr il ferait une sortie de route cet enfoiré, j'espérais juste ne pas y être dans la caisse ce jour-là, puis elle était enivrante sa folie, sa recherche d'adrénaline coûte que coûte.

Arrivés sur la route nationale 202 on fit un stop au MC Do', on finit de se remplir la panse dans la maison de Katherine à Nice Nord avec une ou deux bières, supplément sirop de pêche et gros pétard de shit pour notre ami chasseur en chef et conducteur émérite.

JC et Katherine se retrouvaient le week-end mais vivaient séparés depuis des années.

On discutait d'un éventuel week-end à Isola pour la semaine suivante avec un certain Andrew et sa moto neige et je rentrai enfin chez moi, seul, dans mon premier appartement de célibataire, à moins de deux cents mètres de chez mon vieux paternel, quartier des musiciens.

Novembre 2000

Il y avait beaucoup de bruit à la maison, mes parents s'engueulaient tout le temps, ma mère se négligeait et ronflait plus fort que n'importe qui ce qui avait épuisé mon père au fil des années le privant d'un sommeil réparateur, il la trompait et elle était devenue alcoolique, bipolaire non diagnostiquée, elle multipliait les soirées aux urgences, c'était le début de la fin.

On allait s'installer dans une résidence mon père et moi et ma mère louerait un appartement à la Vallière, pas forcément un bon quartier mais sans problèmes non plus.

J'étais en garde alternée et commençait à faire l'école buissonnière pour me retrouver seul sans me faire crier dessus dans le trois pièces de cinquante-cinq mètres carrés ou pour m'intégrer avec des amis et ainsi éviter les séances masturbatoires de ma mère devant la webcam de son ordinateur, sur MSN Messenger, quand elle ne jetait pas mes affaires par la fenêtre ou m'enfermait dans la chambre condamné à regarde la trilogie du samedi sur M6.

On lui retira donc la garde de ma petite personne.

Je suis parti à dix-sept ans de chez monsieur André Arrighi dit Dédé par ses amis, artisan entrepreneur, et de ses crises de colère. J'avais pu me réfugier chez ma copine de l'époque, Jade, mince et assez belle, blonde aux yeux bleus, c'était la sœur de mon guitariste Yohan et la cousine du deuxième gratteux Jordan.

On profitait bien, on se la coulait douce, pizzas, chichons et crêpes au Nutella, j'avais pris une année sabbatique, c'était parfait sauf que j'étais une vraie tête de con à cet âge là et comme j'avais « 99 problems but the bitch ain't one », les meufs avaient toujours gravité autour de moi sans que je ne sache comment ou pourquoi j'avais laissé Jade s'en amouracher d'un autre pendant des vacances en Corse tandis que moi je refaisais le monde au clair de Lune avec une Myriam Mirial.
Ainsi Jade aurait bien des années plus tard une fille avec son nouvel amoureux et moi je resterai sur le carreau à côté de mes pompes.
Myriam était une tropézienne qui après avoir arrêté ses études d'anglais à Nice se consacrait principalement à l'épicurisme

et à l'hédonisme, c'était agréable mais ça ne résolvait pas mes problèmes d'habitat.

Je devins donc le colloc' de David coordinateur de l'image Zara sur la région Côte d'Azur, avec un faible pour les twink boys.
Il n'a jamais posé les mains sur moi même s'il en mourrait d'envie et je lui avais tout au plus fais une branlette pour payer un loyer. On avait fait de sacrées fêtes chez David quand même, c'étaient mes premiers cachets d'exta et mes premières traces de C.

Myriam avait pu trouver un appart sympa de quatre-vingts mètres carrés et on s'était installés à deux.
On avait des potes juste à côté, j'avais un 125cc noir, j'allais bosser tous les matins et rentrais tous les soirs vanné des différents petits boulots, tous plus pourris les uns que les autres : mascotte au parc aquatique de Marineland, conducteur du petit train, livreur de pizzas, nettoyage automobile pour la boite de location Avis, poseur de moquettes, etc,.

Nous étions, Quentin, Antoine, Marjo, Alicia, Silène et moi allés en vacances à Berlin pour fêter nos vingt ans, on avait tellement consommé de prods qu'en revenant je pouvais à peine travailler et j'avais le palpitant qui me jouait des tours. J'accusais de mes premiers courts-circuits non identifiés. Myriam me soutenait et on m'avait présenté Anne.

Anne c'était pas la plus jolie mais c'était la plus stylée et la plus sympa, avec elle c'était champis et LSD, LSD et champis, dans la ville, les églises, avec les lumières nocturnes de Nice.

S'en suivit comme de par hasard une lourde dépression et une relation hyper conflictuelle avec Myriam et c'est comme ça qu'on se retrouvait à vingt-cinq ans célibataire dans un studio quartier des musiciens à moins de deux cents mètres de chez son paternel et qu'on commençait à fréquenter le dealer et l'ancien apprenti de son vieux père.

Dans l'appart' au début ça allait, Myriam était venue inaugurer le lit même si nous n'étions plus ensemble, je gagnais de mieux en mieux ma vie en tant qu'assistant de direction de Gardenia, la boîte de mon père. Je devais coacher les équipes, faire les fournitures, la comptabilité, j'assistais aux conseils syndicaux sans dire un mot, je m'occupais de la maintenance des outils plus quelques chantiers non déclarés.

J'allais voir les plus belles femmes de la ville moyennant un peu d'argent, je sortais dans les bars au comptoir narguer les rencontres, sans succès sauf une fois ou deux avec boîte de nuit, hôtel, petit déjeuner sur la plage et ça coûtait aussi cher qu'une heure avec une pouliche de luxe.

Mes amis s'étaient rangés du côté de Myriam et je me rendis compte trop tard que j'avais fait des choix avant même de savoir que j'avais des choix à faire. J'allais bosser, je faisais une sieste, j'allais à la salle de musculation et ensuite pour l'hygiène un petit « pute kebab », ça valait pas une amoureuse mais ça évitait le trop plein d'énergie et les insomnies.

Au fur et à mesure je trouvais les voisins de plus en plus bruyants, surtout leurs enfants, je ne pouvais plus les supporter. Plus je mettais la Techno fort plus les enfants criaient fort. Je compris des années plus tard qu'il aurait mieux valu que je mette un casque sur les oreilles, ça aurait peut-être suffit.

Je voyais beaucoup ma tante Fatou, la sœur de ma mère à ce moment-là la semaine, on buvait des verres en terrasse ou on bouffait chez l'Indien et je voyais John le week-end.
On alla au ski comme c'était prévu avec Andrew et sa moto neige. Je les laissais faire de la moto neige et du snowboard à toute berzingue tous les deux manquant d'empaler les débutants en sortie de pistes, sur les vertes.
Je skiais un peu, tombais beaucoup, j'avais oublié les rudiments de base et je n'en avais plus vraiment l'envie de skier.

Février 2016

Fatou avait une collègue qui quittait un deux-pièces à sept-cent euros mensuel, moi je cherchais un autre appartement plus grand, on fit donc les papiers et les employés de Gardenia furent mis à contribution pour le déménagement.

C'était un cinquante mètres carrés au premier étage avec un salon-cuisine assez grand, une salle de bain avec baignoire et chiottes à la limite entre Nice Centre et Nice Est.

C'était un quartier cosmopolite, sans grand avantage à part d'être plus près du boulot, il y avait beaucoup de clochards et les poubelles étaient déchiquetées tous les soirs sur le trottoir.

En plus du dégât des eaux que j'avais dû régler à peine arrivé, j'avais de nouveaux problèmes de voisinage, beaucoup de bruits qui me dézinguaient la tête.

Mon vieux et moi ça ne marchait plus, il me trouvait dilettante, je le trouvais colérique et on décida d'un commun accord de le laisser gérer sa boîte à sa guise.

2003

Ça faisait un moment maintenant qu'on était installés avenue Sainte Marguerite, mon père commençait à fatiguer de son célibat non pas qu'il ne fréquentait personne, bien au contraire mais c'est qu'il avait bien accroché avec une jeune, la fille d'une amie à lui, Sophie.
J'avais douze ans, Sophie en avait vingt-quatre et mon père quarante-huit. Il voulait se poser pour de vrai, finit les incartades dans son appartement d'étudiante et puis il voulait peut-être me trouver une mère de substitution, qu'est-ce j'en sais moi ?

En tout cas un an plus tard ça n'avait pas manqué ils m'avaient fait une petite sœur, Samantha.

Nous on était une sacrée bande dans la résidence : il y avait Thomas fils de prof et père à la retraite, footballeur partagé entre Entrevaux et Nice. Il y avait Bébert avec qui on faisait du skate dont le père était gardien du bâtiment de la MSA pas loin, Cyrille, lui j'sais pas ce qu'ils faisaient ses parents mais il y avait plein de marmots chez lui et sa mère était réunionnaise, elle faisait la meilleure cuisine que j'ai pu manger dans toute ma vie. « S'il y en a pour neuf il y en a bien pour dix » comme elle disait et puis Rita Achour, ses parents bossaient dans la fonction publique.

Bébert et moi on piquait du shit de nos pères et on allait le fumer dans une grotte qui jouxtait la résidence.
J'avais douze ans, Thomas et Bébert devaient en avoir quinze. Un jour on était allés picoler et fumer sur la plage en face du Casino Ruhl et j'avais dû appeler mon vieux en urgence pour qu'il vienne me chercher. J'avais gerbé partout, ça m'avait servi de leçon.

On ne mélange pas le shit et l'alcool !

2006

J'avais une mobylette, un 103 Peugeot. Je comprends toujours pas qu'on m'ait laissé conduire cet engin en 2006. Le temps de freinage était sacrément balèze et les roues très fines, il y avait pas mal de chance de se prendre des gamelles avec ça. Quelques années plus tard j'allais avoir un scooter jaune (pour pas qu'on m'le vole).

Mais pour l'instant je pouvais aller dans la vieille ville avec mon BSR et ma mobylette et là on s'en est tapé des quintes avec les copains ! J'avais quinze ans, eux dix-huit et on allait au Tapas boire des mètres de vodka parfumés et fluorescents puis on allait jouer du djembé ou un peu de guitare sèche à l'occasion sur la plage.

On allait tous dans le même collège, c'est qu'j'avais un an d'avance et Bébert avait une année de retard.

Au fil des années l'argent de poche que j'avais pour acheter des couilles de mammouth, des espèces de grosses boules de bonbon à sucer je l'avais converti en argent pour acheter des pétards qu'on balançait sur les gens pour leur faire peur, quand on ne se planquait pas pour caillasser des voitures ou jeter des capotes remplies d'eau du troisième étage, quand on ne commandait pas quinze pizzas au nom de Achour pour rigoler un coup.

Puis mon argent de poche s'était à nouveau converti en argent pour acheter le magazine Rock One et tous les jours je débarquais en haut de cette putain de montée où surplombait le collège Raoul Dufy avec mon magazine Rock One et c'est ça qui avait tapé dans l'œil de Bébert.

Du coup on avait discuté, il voulait monter un groupe et mes parents étaient zicos, eh ouai ! Donc j'avais une basse, l'instrument qui manquait, une Fender Precision. On avait commencé un groupe, c'était « Plug Your Mind », ça donnait avec Bébert au chant : « Plug Your Mind ♫, Free Your Mind ♫, We Play Music For A Good Time ♫ ».

Et puis les années avaient passées, Eva ne jouait plus du clavier même si elle était toujours raide dingue amoureuse de

Bébert, et Jordan le cousin de Bébert et Yohan le cousin de Jordan étaient venus jouer première et deuxième guitare avec toujours depuis PYM, Lucas à la batterie, on s'appelait FAITH.

Août 2016

Ma bulle d'air c'étaient les week-ends à la montagne et les concerts. John et moi on avait fait Les Plages Electroniques à Cannes, Les Voix du Gaou à Six-Four, La Nuit Rouge à Marseille, Le Crossover à Nice, La Street Parade à Zurich, La Thaïlande du Nord au Sud avec La Full Moon Party of course.

On s'était donc tapés pas mal de soirées avec John, les concerts mais aussi des soirées à vélo sous exta en allant à la rencontre des pêcheurs du championnat de pêche, il avait des amis, une bande de bruns avec leurs femmes qui participaient au championnat, ils n'avaient pas l'air commodes. On était restés un peu avec eux puis on avait renfourché nos vélos sur la Promenade des Anglais, l'air dans la gueule et les yeux qui brillent.
Je dinais le lendemain avec ma grand-mère Michelle et ma tante Fatou au restaurant du Méridien avec vu sur la prom' tient justement. J'essayais de pas être trop éclaté au moment du repas,

j'avais déjà une heure de retard mais ce fut comme à chaque restaurant gastronomique qu'on faisait excellent même si j'ai une petite préférence pour le restaurant La Réserve au port.

On était allés dans les gorges du Verdon aussi faire du pédalo et à la Siagne, une petite rivière un peu pourrie mais on pouvait y faire des rencontres surtout si on avait un chien.
On avait fait du VTT à la montagne en plein été avec Lionel un ex employé de mon père de dix ans de moins que lui, élagueur à son compte et du kayak vers le Massif de l'Estérel, on s'était posés sur une crique puis sur une plage et on était rentrés rincés et gorgés de soleil.

Le soir du Crossover il y avait eu une soirée sur la plage avec Joris Voorn en tête d'affiche, tous les dealeurs blancs de Nice et le mexicain Pancho étaient présents en civils et John s'était mis en tête de vendre de la MDMA à toute la foule. Dans la foule je connaissais à peu près la moitié au moins de vue sinon mieux pour avoir trainé mes fesses dans le centre-ville depuis mes douze ans (avant même d'avoir ma mobylette), du coup je pris un peu de prod' et je commençais à danser comme un ouf, pendant ce temps-là je rabattais les consommateurs vers John, lui fournissait la came, on faisait un beau duo.

On faisait des rencontres avec des gens extras, on passait une bonne soirée et on faisait entre 350 et 600 euros de bénéfice net par soirée mais on ne réitéra pas la manœuvre, trop dangereux et trop exposé de faire un truc pareil.

Par contre j'avais missionné Lucille une dealeuse de vendre la came pour moi, moi aussi j'avais le droit d'arrondir mes fins de mois après tout, surtout que j'avais plus de taf et qu'il fallait payer le loyer.

Le week-end suivant on était invités au pot de départ de Ricky, alors ce Ricky c'était le meilleur pote de John quand ils étaient jeunes, ils avaient toute une bande, ils dévalisaient la caisse du clos de boules de la colline de Bellet tout en continuant à aller jouer avec les vieux, ils avaient fait une razzia dans la cave à vin des

Bagnis, les vignobles de Bellet, ils avaient vraiment fait les quatre cents coups ensemble.

Mais ce que m'avait pas dit cet enfoiré de John c'est qu'on allait débarquer au Col de Braus, au-dessus de Sospel, dans la forêt pendant une teuf jusqu'au petit matin, lui s'était habillé en circonstance mais moi pas du tout. Des teufs j'en avais fait quelques-unes en Gironde pendant que j'étais allé vendanger dans le Bordelais, à Pessac-Léognan. Les teufs étaient plus au Sud, entre Mios et Andernos et j'avais bien kiffé mais encore jamais fait de teufs dans le Sud-Est ni en Italie.

Surprise ! Arrivés là-haut je reconnaissais des gens du Crossover puis quel agréable plaisir de tomber sur Jean et Michel Fourcoutchet, le fils de Tigresse, une amie de mon père et Michel Fourcoutchet qui faisait aussi parti de la bande de nos vieux.

On discutait un peu, puis c'était la réunion sacerdotale de Ricky et sa bande de petits diablotins qui allait commencer, il fallait pas que je manque ça. Tout le monde avait pris des champis ce que je trouvais assez con puisqu'il y avait pas de lumière mais bon après tout pourquoi pas.

Et c'est là qu'on m'expliqua deux trois trucs que j'avais pas compris, notamment que Ricky allait au Pérou pour ramener de la C à bas prix et que notre soirée sur la plage et mon arrangement avec Lucille avait fait trop de bruit.

Deux jours plus tard je me faisais agresser dans mon appartement et je me tapais ma première crise de schizophrénie avec rendez-vous aux urgences de l'hôpital Pasteur.

On me diagnostiqua comme ancien consommateur de toxiques et je me retrouvais à la rue complètement désœuvré.

C'est à partir de là que je pourrais commencer à écrire une nouvelle que j'appellerai « Journal d'une âme perdue » mais je ne préfère pas, cette fois je préfère parler de ce que c'est d'avoir du plomb dans la tête, de ce que c'est qu'd'avoir les pieds solidement ancrés sur terre.

2021

Depuis j'ai enchaîné les crises et les hospitalisations, je suis parti me planquer un moment, le temps que l'eau passe sous les ponts et le temps de me refaire, j'ai été diagnostiqué schizophrène puis schizophrénie résistante, je me gobe tout un cocktail de neuroleptiques, anxiolytiques et d'antidépresseurs.

J'ai perdu pas mal d'années et pas mal d'argent avec mes conneries, j'étais perdu mais je me suis retrouvé, j'ai renoué avec ma mère qui me manquait terriblement et nous vivons dans le même immeuble à Toulon.

Quand je vais à Nice c'est en sous-marin, j'attends encore deux ans pour pouvoir fouler le sol du centre-ville Niçois, on ne sait jamais.

BRÈVES

par Fred Ashcroft
coécrit par Axel Djim Yves Marini

« Le désordre des êtres est dans l'ordre des choses »

Jacques Prévert

I Vieux déglingué

Petite annonce

« Vieux déglingué à l'humour ravageur cherche petit croco rigolo. L'été sera chaud alors je recherche aussi un sombrero pour aller avec mon p'tit croco jusqu'au fin fond du Colorado. On sirotera des marguaritas mon petit croco et moi. Je courrai à poil dans la sierra et petit croco rigolera. J'ai laissé ma valise à l'aéroport de Mexico c'est dommage parce que j'y avais planqué toute mon héro. J'aurais pu mourir d'overdose mais finalement j'sauterai d'un rocher. Saut de l'ange d'un vieux déglingué et liberté d'un dégénéré. »

Personne ne tient les comptes.
Les chevaliers servants font l'école buissonnière et attendent leurs princesses des vies entières.

Un jour de désespoir je déciderai de pousser la porte d'un saloon miteux dans les bas-fonds de l'Amérique. Il y aura un vieux gars bourré affalé sur le comptoir. Je chiquerai mon tabac tranquille contemplant la mine déconfite de deux ou trois alcooliques.

J'enlèverai mon chapeau de cowboy tranquille par politesse pour la petite mignonne qui servirait dans ce coin. « Salut mon rayon de soleil lui glisserai-je à l'oreille » « m'sieur me répondra-t- elle en me présentant la carte. Le menu qu'elle me présentera n'aura rien d'ordinaire. Aux habituels hamburgers se substitueront des mets aux milles saveurs.

« Où suis-je donc tomber pour trouver au menu pour mon souper un peu d'amour d'humanité ?»

«Ô ma fille, ma mignonne te torture pas le bourrichon et verse moi juste un bon bourbon».

II Sandy

Sandy machait son chewing-gum a la caisse du supermarché, elle regardait voler les mouches. Un vieux dégueulasse passa à côté d'elle pour mater son décolleté plongeant. Sandy était contente d'avoir attiré son regard, elle se sentait exister, elle scannait le code barre des articles dans le brouhaha habituel du supermarché.

Elle pensait à son rencard de ce soir avec un flirt rencontré sur Meetic. Les gens défilaient à sa caisse, une multitude de vies ordinaires et programmées. Rien n'arrêtait jamais ces files interminables de consommateurs pressés d'arriver en caisse sauf peut-être la fermeture.

BIP BIP les articles défilaient en caisse. Sandy pensait aussi à ses gosses qui étaient partis en week-end chez leur père Roger. A la grande époque Roger et Sandy s'éclataient au karaoké tous les soirs. Sandy se faisait belle et mettait ses talons aiguilles alors que Roger gominait sa vieille banane a la Elvis. Roger et Sandy étaient des gens ordinaires, heureux d'une vie modeste. Ils ne s'ennuyaient pas en ce temps-là. Mais un jour tout partit en sucette, Sandy se trompa dans les codes-barres et se fit virer du supermarché.

Alors maintenant elle revenait hanter le supermarché avec nostalgie juste pour entendre le bip bip à la caisse. Sa vie se résumait a BIP BIP ; elle aimait revenir juste pour se bercer de ce bip. Sandy se mit à picoler et à zoner dans les rues. Elle n'entendait plus son bip bip et cela la rendit folle.

Sandy haut perché sur ses talons aiguilles rentra à la maison, elle mit son peignoir en satin rose et fit réchauffer un fond de ratatouille en regardant un film érotique sur M6. Personne ne viendrait lui chanter la sérénade, Sandy aurait aimé être la muse d'un grand peintre et enviait secrètement les actrices du film.

Elle s'assit et lâcha un jet liquide sur la toile blanche du paravent accolé au mur, Sandy trouva ce premier jet vraiment réussi et décida d'expérimenter plus ce procédé. Elle fermait les yeux, tout le monde commençait à s'arracher son petit cul et on la baisa jusqu'à son dernier souffle.

III Odette

Odette est une vieille mamie octogénaire et heureuse car elle a à présent en plus de son chat « tête de cloche » un robot a la maison qui s'occupe d'elle.
Comme elle n'a plus de dents son robot lui donne à manger, il lui enfonce la cuillère dans la bouche et comme ça ça évite d'en foutre partout sur son bavoir.

Le robot l'aide aussi à se laver, de ses doigts robotisés sortent de puissants jets d'eau et du savon, il lui nettoie ainsi tout le corps. Une fois lavée et en robe de chambre elle peut jouer au *Rubik's Cube* avec son robot. Il dialogue, s'adapte et est connecté avec la maison, TV, lave-vaisselle, lumières, lave-linge, radio, etc,.

Son robot a une apparence humaine, c'est le clone de son défunt mari Jeannot il porte même la perruque de Jeannot. Parfois lorsque-elle regarde question pour un champion avec son robot elle se prend à imaginer son mari à ses côtés.

IV Steve

Une journée de vacances comme les autres, Steve décida de ne pas rentrer à la maison qu'il avait loué en bord de mer avec sa femme Jessica. Il ne revint pas ouvrir la porte en prenant les clés cachées sous le paillasson.

Oui il était parti faire les courses à la petite supérette locale pour nourrir ses trois enfants en bas âge. Non il ne voulait plus jouer aux jouets avec eux ni serrer dans ses bras sa femme cette grosse poufiasse toute peinturlurée. Steve n'appréciait même plus de lui faire l'amour. Il ne voulait plus gaver sa petite Brandi de petits pots et lui changer sa couche toute dégueulasse.

Steve avait essayé de composer avec la vie, de suivre le mouvement. Steve ne ressentait plus vraiment de tristesse, simplement un sentiment de lassitude totale. Il se sentait indifférent à lui-même, à sa famille, à ses enfants, à sa vie en général.

Il n'avait plus la force de prétendre. Il était diagnostiqué bipolaire, parfois tout allait bien, il était heureux d'avoir acheté sa voiture à crédit avec l'argent qu'il ne mettait plus dans les clopes et parfois il avait juste envie de s'envoyer en l'air avec sa bagnole.

On le gavait de bons discours pleins de bienveillance.
Steve contemplait son regard vide et son visage morne dans le rétroviseur de sa voiture, il appuya sur le champignon du haut de la falaise : Saut de l'ange. Mais on n'est pas dans Thelma et Louise et tu rentreras pas dans la postérité. Adieu Steve.

V Amanda

Amanda est américaine, elle n'a pas vraiment de vie sociale. Amanda est agoraphobe, en dehors des réseaux sociaux et de son mari Amanda n'a pas grand-chose.
Elle a une théorie assez complexe et personnelle sur les identités secrètes. Elle pense que derrière certaines personnes avec lesquelles elle correspond sur la toile se cachent une multitude de personnes différentes.

La plupart des gens l 'ont moquée ouvertement et ont cessé de lui parler la bloquant de leur liste d'amis. Personne ne semble vouloir prendre le temps pour comprendre ses débordements.
Avec Amanda on s'appelle « babe » et on s'envoie des smileys cœurs dès qu'on se réveille.
C'est pas un délire de lesbiennes ni quoi que ce soit, c'est une relation épistolaire que j'apprécie beaucoup, on fait partie du même fan club elle et moi, nous sommes fans de l'acteur River Phoenix et puis au fil des années, six ans que ça dure on se connait de mieux en mieux.

Amanda m'a dit un jour qu'elle avait eu une mauvaise expérience avec un syndrome de stress post traumatique après un viol.

© 2021, Fred Ashcroft ; Axel Djim Yves Marini

Édition : Books on Demand,
12/14 rond-Point des Champs-Elysées, 75008 Paris
Impression : BoD - Books on Demand, Norderstedt, Allemagne
ISBN : 9782322249329
Dépôt légal : mars 2021